Tacet Books

Olavo Bilac

---

10 Melhores Crônicas

Editado por
August Nemo

EDITOR August Nemo

CAPA E PROJETO GRÁFICO Mayra Falcini

NEGÓCIOS E MARKETING Horacio Corral

Dados Internacionais de Catalogação na Publicação (CIP)

Bilac, Olavo,
B595 10 Melhores Crônicas / Olavo Bilac – São Paulo, SP: Tacet Books, 2023.
94 p. : 14 x 21 cm

ISBN 978-65-89575-54-2

1. Literatura brasileira. 2. Crônicas. 3. Contos.

CDD 869.4

Tacet Books

Feito em silêncio

Para mentes barulhentas

www.tacetbooks.com

tacet.books@gmail.com

Sumário

Introdução

Olavo Brás Martins dos Guimarães Bilac foi um dos mais proeminentes nomes da literatura brasileira. Nascido em 16 de dezembro de 1865, no Rio de Janeiro, ele se tornou um jornalista, contista, cronista e poeta. Seu talento e sua paixão pela escrita o levaram a ser reconhecido como o principal representante do parnasianismo no país.

Bilac não apenas deixou uma marca indelével no cenário literário, mas também desempenhou um papel significativo na esfera cívica. Como republicano e nacionalista, ele defendeu o serviço militar obrigatório, que era regido na época pela Lei do Sorteio. Além disso, Bilac é amplamente reconhecido como o autor da letra do Hino à Bandeira. Inicialmente concebido para ser entoado na capital federal, o Rio de Janeiro, o hino acabou sendo adotado em todo o Brasil.

A escrita de Bilac transcendeu gêneros literários, abrangendo tanto a literatura infantil quanto a crônica. Sua atenção à literatura voltada para crianças evidenciou seu compromisso com a formação das futuras gerações de leitores. Além disso, suas crônicas eram marcadas por seu estilo refinado e sua perspicácia, abordando assuntos variados com uma visão crítica e arguta.

Dotado de fortes convicções políticas, Bilac se destacou por sua ferrenha oposição ao governo militar do marechal Floriano Peixoto. Suas palavras e posicionamentos corajosos o tornaram uma voz ativa na luta contra o autoritarismo da época.

Em 1907, Bilac recebeu o título de "príncipe dos poetas brasileiros", concedido pela revista Fon-Fon, em reconhecimento à sua genialidade literária. Seus poemas, como os sonetos "Ora (direis) ouvir estrelas" e "Língua portuguesa", conquistaram o coração do público e se tornaram obras icônicas da poesia brasileira.

Já no fim de sua vida, em 1917, Bilac recebe o título de professor honorário da Universidade de São Paulo. Faleceu aos 53 anos, em 28 de dezembro de 1918, por problemas respiratórios e cardíacos agravados pelo contágio da gripe espanhola. Foi sepultado no Cemitério de São João Batista no Rio de Janeiro.

Neste livro intitulado "10 melhores crônicas de Olavo Bilac", convidamos você a mergulhar na perspicácia, na sensibilidade e no estilo único desse grande escritor. Essa coletânea oferece um panorama abrangente de sua genialidade, apresentando crônicas cuidadosamente selecionadas que retratam a sociedade de sua época com maestria.

Ao explorar essas crônicas, você terá a oportunidade de apreciar a visão afiada de Bilac sobre o mundo, seu compromisso com a justiça social e seu amor incondicional pelo Brasil. Essas palavras atemporais certamente irão encantar e inspirar, deixando uma marca duradoura em seu coração e mente. Adentre a mente brilhante de Olavo Bilac e descubra por si mesmo por que ele é considerado um dos maiores escritores que o Brasil já produziu.

Trabalho feminino

O sábado, em que está sendo escrita esta crônica, arrasta-se aborrecido e pesado, numa enxurrada de lama, sob o açoite frio dos aguaceiros, cheio de uma melancolia que nada pode dissipar. Oh! estes dias de chuva! Deus sabe quanto suicídio tem por causa a sua fúnebre tristeza...

Deixando cair o livro que lia, o cronista levantou-se, abriu a janela, lançou um olhar entediado ao céu e à rua.

Que céu e que rua! Em cima uma planície cinzenta, manchada aqui e ali de nuvens mais escuras, que crescem, estendem-se em cargas d'água barulhentas e grossas. Embaixo, lama e deserto... Os bondes que passam trazem as cortinas abaixadas, lustrosas de chuva, bambas, ao áspero vento que as sacode. E não se vê ninguém... Quem há que se atreve a afrontar a dureza desta úmida manhã, toda de. choro e enfaro.

Mas não... Lá vem, cosido à parede, um vulto apressado. É uma mulher. Mais perto agora, distinguem-se-lhe as feições, as roupas encharcadas, sob o puído guarda-chuva gotejante. A borrasca envolve-a, agasta-a, enraiva-se sobre ela, com uma crueldade implacável. A velha saia preta, colada às pernas, vem barrada de lama; os sapatos chapinham nas poças da água; e sempre cosida à parede, carregando um grande embrulho, tossindo e tremendo de frio, lutando contra a ventania furiosa, lá se vai a pobre — fantasma da pobreza, vítima de uma dura sorte, em busca do pão com que há de alimentar os filhos pequenos, e, quem sabe? talvez também um marido malandro, que fica, no calor da alcova, contando as tábuas do teto e fumando, enquanto a mísera tirita pelas ruas alagadas...

Em geral, nós, que só conhecemos as senhoras da nossa roda, pensamos que todas as mulheres são melindrosos alfenins que qualquer trabalho fadiga. Mas as que conhecemos são as flores humanas, cuidadosamente criadas na estufa da civilização; são uns encantadores e estranhos animais, metade anjos, metade demônios, tão sedutores e amáveis quando abusam da sua influência celestial como quando abusam da sua influência satânica... Essas são as que nasceram para ser servidas e adoradas, como santas em nichos de ouro e prata, cobertas de alfaias e de joias.

Mas, por uma dessas, quantas mil existem que são a providência doméstica, o amparo da família que as formigas, mais infatigáveis do que as abelhas, mourejando da primeira luz do dia às horas cerradas da noite, entisicando sobre a máquina de costura, perdendo as forças sobre a tábua de engomar, tisnando a pele junto das chamas do fogão!

Ninguém pensa nisso... Só, de quando em quando, um cronista melancólico, levado pela própria tristeza a cuidar das tristezas alheias, demora a atenção sobre a dureza da vossa negra sorte — ó mulheres pobres, que sois tão mais fortes do que nós, na moral como no físico!

Ainda não há três dias publicava A Notícia esta local: "Pela primeira vez, foi enviado ao Ministério da Fazenda um requerimento de uma senhorita pedindo para inscrever-se em concurso, a fim de exercer um emprego na Fazenda.

"Esse requerimento foi à diretoria do contencioso, a fim de ser informado, e combateu a pretensão, pelo que o Sr. Ministro da Fazenda resolveu indeferir o mencionado requerimento."

Ora, as leis humanas não podem ter a infalibilidade que a Igreja atribuí às leis divinas. A sociedade não pode sujeitar-se ao império de uma lei absurda, somente porque ela é uma lei.

Sempre que se agita esta questão das reivindicações femininas, escovam-se e os velhos chavões, e, com um grande ar de importância, os filósofos decidem sem apelação que a mulher não pode ser mais do que o anjo do lar, a vestal encarregada de vigiar o fogo sagrado, a depositária das tradições da família... e das chaves da despensa. Todo esse dispêndio de palavras inúteis serve apenas para encobrir a fealdade da única razão séria que podemos apresentar contra as pretensões das mulheres: o nosso egoísmo, o receio que temos de que nos despojem das nossas prerrogativas seculares — o medo de perder as posições, as regalias, as honras que o preconceito bárbaro confiou exclusivamente ao nosso século. Compreende-se: quem se habituou a empunhar o bastão do comando não se resigna facilmente a passá-lo a outras mãos: é mais fácil deixar a vida do que deixar o poder.

Por que não há de a mulher poder exercer "um emprego da Fazenda"? Que há de misterioso e sagrado de recôndito e impenetrável no exercício dessas funções que, não possa ser devassado e apreendido pelo espírito de uma mulher?

Amar o próximo e praticar o bem, praticar a caridade nos hospitais de sangue e nos asilos civis., educar crianças — são tarefas infinitamente mais sérias do que alinhar algarismos em livros, calcular taxas de câmbio, aplicai tarifas e computar perdas e ganhos. É pois preciso ter o cérebro de um Dante, de um Comte, de um Bacon, para poder trazer em dia o livro do protocolo de uma repartição pública ou para saber somar quatro colunas de algarismos?

Entretanto, que bela experiência a tentar! O espírito da mulher tem sobre o nosso uma incontestável superioridade: não é feito, como o nosso, de imaginação, de poder criador, de invenção; é feito de bom senso, de prudência de tenacidade, de paciência. Já alguém escreveu que "a mulher que dedicasse à execução de um plano financeiro a inteligência minuciosa e clara que costuma dedicar à execução de um complicado plano de toalete, desbancaria talvez os melhores economistas do mundo".

Em bom senso, não as vencemos, como não as vencemos em economia.

Se todos quisessem ser sinceros, ou antes se não quisessem enganar a si mesmos, quantos homens confessariam que os melhores atos de toda a sua existência foram inspirados no recesso do lar, entre dois carinhos — nessas horas de intimidade em que as mulheres sabem influir sobre o nosso espírito sem mostrar o que estão fazendo, e em que nós, inconscientemente, sem humilhações para o nosso desmarcado orgulho, vamos pouco a pouco adotando as suas ideias e abandonando as nossas, de maneira que, daí a pouco, exclusivamente parece nosso aquilo que é exclusivamente delas!

Em economia, então — que abismo entre elas e nós!

Não se trata, está claro, destas lindas e adoráveis senhoras do grande clã, deusas deliciosas, cujas mãos perfumadas foram feitas apenas para dissipar o dinheiro...

Mas, nas casas pobres, que maravilhas de zelo, de poupança, de milagroso comedimento nas despesas! Não têm conta as donas de casa que reproduzem diariamente o milagre da multiplicação dos pães!

Quando rompe a manhã, já a abelha humana anda há uma hora zumbindo e trabalhando. Não há recanto da casa que escape à vigilância do seu olhar, não há providência que seja esquecida pela sua inteligência sempre alerta. Oh! o doce milagre! com um punhado miserável de dinheiro, é preciso alimentar os filhos, é preciso vesti-los, é preciso educá-los, é preciso consolar o marido e cercá-lo de conforto quando ele é infeliz, é preciso viver com decência... O trabalho não se faz sem lágrimas... A tarefa é rude, os pulmões se enfraquecem, calejam-se as mãos, vai-se a beleza, perdem-se as graças — mas a casa prospera... E. quando à noite, derreada e quase morta de cansaço, a heroína vai sentar-se junto à máquina Singer para dar conta do serão, uma doce auréola paira sobre a sua pálida cabeça de mártir do dever.

Ah! que orgulho o nosso! e não há homem que reconheça esse sacrifício! e não há homem que deixe de atribuir à sua própria competência enfatuada a prosperidade e conforto que brotaram no seu lar, quando, quase sempre, esses doces frutos são devidos às lágrimas e às gotas de suor com que as mártires regaram o solo...

É singular! nega-se a quem é capaz de fazer tudo isso o direito de aspirar a um lugar de amanuense de secretaria! Mas, por todos os santos do Paraíso! se há uma lei que determina isso, revogue-se quanto antes essa lei absurda!

Abram-se às mulheres todas as portas! Porque, enfim, nós, os homens, já temos contribuído tanto para plantar na Terra o domínio da tolice e da injustiça — que não era mau saber se o outro sexo não é capaz de ter mais juízo do que o nosso!...[1]

---

1 Jornal Gazeta de Notícias (RJ) 18 de agosto de 1901.

Recenseamento

Enfim, vai o Rio de Janeiro conhecer-se a si mesmo... Uma cidade sem recenseamento é uma cidade que a si mesma se ignora, porque não tem a consciência da sua força, do seu valor, da sua importância.

É mais que um serviço — e não é dos menores — que o Rio vai dever ao seu prefeito, a esse homem providencial, de quem já se pode impunemente dizer o maior bem, sem o risco de passar por adulador, pois que já não há, em toda a cidade, quem o não admire e o não louve.

Infelizmente, já se descobriu o meio de opor embaraços à realização da bela ideia. No mesmo dia em que o prefeito decretava a organização do recenseamento da população, era publicado um ofício do ministro da Guerra, solicitando a organização do alistamento militar... E o povo, cotejando essas duas medidas, juntando-as, pesando-as na mesma balança, começou logo a atribuir-lhes uma aliança oculta um conúbio escondido, uma identidade de intuitos e de fins. A gente culta (que infelizmente não é legião) sabe — que esses dois serviços nada têm de comum, e que o propósito da prefeitura é, única e exclusivamente, o de saber quando habitantes tem a capital da República — coisa que, por vergonha de todos nós, ainda não se havia tentado averiguar. Mas, para a gente ignorante e desconfiada (a desconfiança e a ignorância são irmãs gêmeas), o recenseamento é o pretexto para o alistamento militar — e já o medo da farda e do serviço de caserna começa a sugerir às almas inquietas a ideia de se recusar a encher as listas censitárias.

Esse terror é natural. Antigamente, o recenseamento apenas era feito para auxiliar dois serviços profundamente antipáticos aos povos de todos os tempos: o do recrutamento militar e o da cobrança de impostos. O imposto e a farda — dois espectros, dois espantalhos! Já na velha Roma, no remotíssimo tempo de *Servius Tulius*, quando os *curatores tribuum* saíam, com as suas tabuinhas enceradas e os seus estiletes de marfim, a percorrer a urbe, e a recensear os habitantes, separando-os em *assidui* e *proletarii* — um medo pânico se alastrava pelas vielas e pelas alfurjas da cidade, e um terço da população, sabendo que aquilo significava guerra ou imposto, cobrança de sangue ou cobrança de dinheiro, transpunha as portas, e ia refugiar-se no campo.

Hoje, o recenseamento tem um fim mais amplo, mais nobre, mais belo — um fim social. E uma parte essencial da estatística, que, sendo "o estudo numérico dos fatos sociais", é uma das ciências tributárias e auxiliares da sociologia. Como explicam os mestres da economia política, a vida social é um movimento perpétuo, uma transformação contínua, e uma constante renovação de fenômenos, que, por mais diversos que pareçam, sempre se podem classificar em um número relativamente limitado de categorias. Não há um só fato individual que deixe de ser interessante, porque os fatos individuais, reunidos, formam os fatos sociais; e não há meio de governar sem o conhecimento desses fatos. É a estatística que torna possível o governo. Ela é, por assim dizer, a "escrituração social": se uma casa de comércio não pode viver e prosperar sem o registro minucioso das suas compras e vendas, e sem os balanços periódicos que demonstram o bom ou mau estado dos seus negócios — também a sociedade humana não pode dispensar os seus guarda-livros, que são os encarregados da estatística...

Essa "escrituração social" tem sido até hoje criminosa mente relaxada no Brasil. Os "guarda-livros" do país, ou são incompetentes, ou são indiferentes. Aqui a estatística é um mito. Para não ir muito longe, e apenas citar um fato simples e de fácil verificação, basta lembrar que, no Rio ele Janeiro, a Biblioteca Nacional e o Museu Nacional não têm catálogos! É incrível, mas é verdade... Se nem temos sido capazes de organizar e publicar o catálogo de um museu ou de uma biblioteca, não é de espantar que não tenhamos organizado e publicado até hoje o catálogo geral da nossa população, das nossas riquezas, do nosso trabalho, da nossa vida...

Há pouco tempo,; a Legação Japonesa no Brasil distribuiu, pelas repartições públicas e pelas redações dos jornais, o Anuário financeiro e econômico do Japão relativo a 190$. Lendo esse livro, que é um monumento assombroso e maravilhoso de estatística, é que se pode compreender o estupendo progresso daquela nação.

O que nós costumamos chamar "milagres" não é mais do que o resultado simples e natural da combinação destas duas forças: o trabalho e o método... Nesse anuário, tudo quanto constitui a vida do país está incluído, estudado, discriminado, catalogado, classificado: orçamentos, dívida pública, empréstimos, agricultura, indústria, viação, comércio. Há ali coisas que espantam; há, por exemplo, um quadro demonstrativo da produção do fumo, que é um assombro de exatidão e de minúcia: o fumo colhido foi contado de folha em folha... E com esse trabalho e com esse método que as casas de comércio prosperam, que as casas de família têm fartura e conforto, e que as nações enriquecem e se fazem fortes e respeitadas!

Agora reparo que a "Crônica" está perdendo o tom que lhe compete, e enveredando por um estilo que não é o seu.

Estas coisas são tão corriqueiras, que até as crianças das escolas primárias as conhecem...

E parece, realmente, que é pedantaria ridícula, e ridícula ostentação de ciência barata, o estar aqui o cronista a demonstrar as vantagens e a utilidade da estatística em geral, e do recenseamento em particular...

Mas estas ideias, tão simples, tão claras, tão vulgares, não podem, desgraçadamente, ser eficazmente incutidas no ânimo de toda a nossa população. Por quê? porque uma grande parte da nossa população não sabe ler...

Basta lembrar a última bernarda que tivemos no Rio: a de novembro de 1904... Que foi o que causou esses sanguinolentos motins? Foi a intriga perversa de alguns especuladores políticos que excitaram o povo contra a lei da vacinação: e muita gente acreditava que os médicos iam injetar no seu corpo sangue de rato atacado de peste bubônica! Essa balela, que apenas parecia cômica, teve efeitos trágicos. Que utilidade poderiam ter, para destruí-la, os boletins profusamente espalhados pelas autoridades sanitárias, e as explicações dadas pela imprensa? Nenhuma. O papel benéfico da imprensa não pôde deixar de ser quase nulo, numa cidade que conta quase 1 milhão de habitantes, mas na qual todos os jornais diários reunidos não chegam a vender 100 mil exemplares por dia...

Assim, não há meio de contrariar eficazmente o equívoco, que a publicação simultânea das duas medidas veio criar. Se o Ministério da Guerra houvesse adiado a publicação do seu propósito — o povo, que confia no prefeito, porque dele só tem recebido benefícios e cuidados, veria no recenseamento mais uma prova da sua paterna! administração, e auxiliá-lo-ia. Mas parece que há, neste país, uma doença orgânica, que leva muita gente, irresistivelmente, a perturbar e estragar, com consciente ou inconsciente maldade, tudo quanto se pretende fizer de bom.

Vão agora tirar da cabeça de certa gente que a entrega das listas censitárias há de expô-la ao recrutamento militar!

O que é verdade é que, para, abusivamente, e contrariando expressamente a letra da lei, por em prática o recrutamento forçado, as autoridades militares não carecem do recenseamento. Ainda há pouco, para organizara parada espetaculosa de uma guarda nacional que não existe, alguns coronéis de mentira andaram complicando a vida doméstica dos cidadãos, privando-os violentamente dos serviços dos seus cozinheiros e dos seus copeiros...

O povo, porém, não compreende isso. Se lhe não demonstrarem cabalmente que o recenseamento civil, organizado pela prefeitura, nada tem de comum com o alistamento militar, organizado pelo Ministério da Guerra, ele, apavorado pelo fantasma da Farda, há de mais uma vez furtar-se ao cumprimento de um dever social, que tão facilmente e com tão grande utilidade para todos pode ser cumprido. Como, porém, fizer essa demonstração àqueles que, por culpa e desídia do Estado, continuam aviltados pelo analfabetismo, moralmente cegos, tristemente mantidos na ignorância, privados da compreensão dos seus direitos e dos seus deveres?

É aqui que tudo vem ter: o problema da instrução é como, nas máquinas, o eixo central, em torno do qual os movimentos de todas as peças se combinam e conjugam. Por isso, é que não deixo de tocar este realejo, cuja música pode parecer enfadonha, mas é indispensável:

> e si cette histoire vous embête,
> nous allons la recommencer![2][3]

---

2 Tradução: "se esta história vos aborrece/nós vamos recomeçá-la"

3 Jornal Gazeta de Notícias (RJ) 17 de junho de 1906.

Revolução Russa

Não houve, durante a semana, assunto de interesse local que cativasse as almas. O que as cativou, agitando-as em alternativas de cólera, de piedade, de furor e de dó, foi um assunto de interesse "humano": a tragédia da Revolução Russa, concentrando nas ruas de Petersburgo a atenção e ansiedade de todos os homens civilizados do planeta.

E nem houve quem pudesse pensar nos seus próprios sofrimentos: a explosão revolucionária do sofrimento daquele povo, expandido em cólera, foi uma dessas raras crises morais em que todas as raças, a um tempo, sentem que estão empenhados o seu futuro e a sua dignidade. O que ali se revoltava era, de fato, a dignidade humana, era o orgulho humano, era a humana indomável aspiração de liberdade e de justiça.

A organização social da Rússia é um crime, é a vergonha do século. Não se trata aqui de um sentimentalismo doentio: trata-se de uma revolta justa, a que homem nenhum de inteligência e de coração se pode forrar. Manter uma porção da humanidade na ignorância, na escravidão e no embrutecimento é um atentado que ofende a toda a comunhão: e a chicotada infamante que corta as carnes dos mais humildes dos mujiques[4] russos atinge e infama toda a espécie.

A esta hora parece que a revolução foi sufocada. Até quando?...

Em Petersburgo já a neve, caída do céu impassível, estendeu o seu manto piedoso sobre a terra manchada de sangue, cobrindo as poças vermelhas, em que se esgotou o desespero dos oprimidos. Mas, sob a toalha da neve, o sangue está vivendo e palpitando, sementeira da vingança e da desafronta. E não haverá neve bastante para aniquilar esses germes.

Os cárceres já devem estar cheios. E, de cidade em cidade, a polícia fareja e esquadrinha todas as casas, a procura dos dois homens que dirigiram a revolução: Gapon[5] e Gorki[6].

O primeiro pertence a essa classe, dos popes, a quem já Dostoiévski nos Irmãos Karamazov vaticinava o papel de. chefes do inevitável e vingador levante. O mujik analfabeto, ingênuo, embrutecido

4 Mujique era a denominação dada ao camponês russo; indica um certo grau de pobreza, uma vez que a maioria do mujiques trabalhava em regime de servidão antes da Revolução Russa em 1917.

5 George Gapon (1870 – 11 de Abril de 1906) foi um padre ortodoxo russo que liderou a manifestação que em 9 de Janeiro de 1905 em São Petersburgo pretendia ser recebida pelo czar Nicolau II da Rússia no Palácio de Inverno e entregar uma petição por melhores condições de vida. A manifestação foi reprimida pelos soldados russos, que dispararam sobre a multidão. Este episódio da história da Rússia ficou conhecido como o Domingo Sangrento.

6 Máximo Gorki (28 de março de 1868 – 18 de junho de 1936), foi um escritor, romancista, dramaturgo, contista e ativista político russo. Gorki foi escritor de escola naturalista que formou uma espécie de ponte entre as gerações de Anton Tchekhov e Liev Tolstói, e a nova geração de escritores soviéticos.

pelo trabalho e pelo sofrimento, tem no pope o seu conselheiro único, o seu único amigo. O pope vive em contato direto, diário e completo com o povo: só ele conhece bem a fome, o abandono, a miséria física e moral, o desamparo em que vive aquele triste rebanho humano; e o pope é também desprezado e humilhado, como o povo...

O segundo dos chefes do movimento foi o sombrio escritor revolucionário, o romancista da Treva e do Sofrimento, cujos livros são um monumento sinistro, erguidos para honrar a agonia de um povo. Gorki é hoje talvez a primeira força intelectual da Rússia, depois de Tolstoi. E Tolstoi, velho, mergulhado num misticismo doentio, já não lhe faz sombra. O verdadeiro e único apóstolo russo é Gorki — em cujos romances, cheios de fel, de ironia, de amargo sarcasmo, se contorcem e rugem as figuras de todos os deserdados, de todos os oprimidos, de todos os rebelados.

Gorki nunca teve olhos para ver nem pena para descrever o luxo insolente da corte, as sedas e os amores das grandes damas, a futilidade e o servilismo dos cortesãos, a vida regalada dos príncipes: o seu talento nasceu da dor e do desespero; a sua vida tem corrido como um fio de lágrimas, incorporando-se ao grande rio em que tumultua e ferve o pranto de toda a Rússia escrava. O que arde e vibra nos seus livros é a tortura sem nome de todos aqueles milhões de homens, estudada ao vivo, narrada em palavras cuja leitura queima os olhos da gente. Gorki é o continuador de Dostoiévski: é, como este, o historiador da escravidão política da Rússia.

Se ele descreve tão bem os antros medonhos, as pocilgas infectas, a vagabundagem, a rapinagem, a embriaguez embrutecedora a que a tirania atira aquela gente infeliz é porque também como ela padeceu fome e frio, como ela dormiu ao ar livre, sob a neve, e como ela também em vão pediu uma esmola, sempre negada...

Agora, popular, vitorioso, disputado pelos editores, tendo conquistado uma celebridade que transpôs as fronteiras russas e se impôs a toda a Europa — Gorki não renega o lodo em que nasceu, e, quando viu que o povo — a sua gente, a multidão inumerável dos seus irmãos de opróbrio — era chicoteado e fuzilado nas ruas, o romancista abandonou a contemplação pela ação, e foi alistar-se nas fileiras dos que morriam.

A Morte não o quis — felizmente. O seu cérebro e o seu coração são agora, mais do que nunca, necessários à grande causa. No exílio ou no cárcere, eles continuarão a pensar e a sentir.

Se a polícia o encontrar, Gorki irá conhecer de perto a Sibéria assassina, a devoradora de vidas. Dostoiévski também a conheceu: foi de lá que ele trouxe aquelas sinistras Memórias da casa dos mortos[7], cujos capítulos competem, em trágico horror, com os cantos mais terríveis do Inferno de Dante. Mas Dostoiévski morreu sem ter visto arrasada a Casa maldita. E a Gorki ela não há de sobreviver: os seus dias estão contados — porque, como escrevia há pouco Tolstoi, no seu estilo bíblico, "a taça das iniquidades está cheia...".

Entre os pormenores da luta, comunicados pelo telégrafo, há um que caracteriza bem a crueza da tirania russa.

Quando os operários tentaram invadir o palácio para falar ao czar, os cossacos receberam-nos a chicote, e depois a bala.

Antes da morte, o aviltamento. Das prisões, dos presídios, das penitenciárias, das casas de correção de toda a terra, já a pena das chicotadas foi abolida. Mas, na Rússia, ainda o chicote é a arma predileta do despotismo, a defesa melhor da autocracia.

O chicote não castiga apenas fisicamente. É a imposição da infâmia, além de ser a imposição da dor. Quando retalham as carnes de um pobre-diabo, as pontas de couro e ferro do knout estão dizendo à vítima: "Lembra-te que não és homem, como o Senhor a quem ofendes! és uma besta de carga, um animal in-

---

7 Fiódor Dostoiévski (11 de novembro de 1821 - 9 de fevereiro de 1881) foi um escritor, filósofo e jornalista do Império Russo. Memórias da Casa dos Mortos é seu romance que retrata a vida de condenados nas prisões da Sibéria.

ferior, sem inteligência nem vontade! não és digno da força, nem da guilhotina, nem das balas: és só digno do chicote, com que se castigam os cães que ladram e os burros que empacam. Revoltas-te? morrerás infamado, como nasceste: infamado no berço pela falta de nobreza, infamado na morte pelo chicote!".

Ah! o que consola é que as chicotadas, com que os guardas do Palácio receberam os operários russos, foram talvez as últimas.

A besta de carga está cansada de sofrer; o cão, cansado de ladrar, mostra os dentes para morder; o burro, cansado de empacar, atira as patas, num coice de protesto...

Em vão a neve piedosa quer esconder o sangue dos mártires: aquele sangue está pedindo mais sangue — e antes do fim do primeiro quartel do século, o povo russo há de ser incorporado à civilização, e a tirania há de morrer, afogada no mesmo sangue que derramou.[8]

---

8 Jornal Gazeta de Notícias (RJ) 29 de janeiro de 1905.

Gustave Flaubert

Leio hoje nos jornais este telegrama, que me vem a evocar saudades velhas: "Paris, 21 — Telegrafàm de Rouen que se inaugurou ali o monumento a Gustavo Flaubert[9], com a assistência de vários membros da Associação dos Homens de Letras desta capital e de vários representantes da literatura e do jornalismo".

E o primeiro "monumento" que do grande Flaubert se levanta na sua cidade natal. Até agora, a única homenagem pública, prestada ao autor de Madame Bovary pela cidade de Rouen, consistia num pequeno medalhão, com o seu busto, aposto a uma das paredes da Biblioteca, ao lado do Hotel de Ville — cuja inauguração assisti, em 1890.

Já lá se vão dezessete anos! e, lendo agora nos jornais este telegrama, vivamente se me apresentam à memória todos os episódios daquela manhã de inverno em que se fez a inauguração do busto, e em que, tremendo de frio, cheguei à velha cidade das margens

9 Gustave Flaubert (Rouen, 12 de dezembro de 1821[1] – Croisset, 8 de maio de 1880) foi um escritor francês. Flaubert marcou a literatura francesa pela profundidade de suas análises psicológicas, pelo seu senso de realidade, pela sua lucidez sobre o comportamento social, e pela força de seu estilo em grandes romances, sendo o mais conhecido, Madame Bovary (1857).

do Sena, em companhia de alguns companheiros cujos nomes todo o Brasil conhece.

Éramos quatro: Eduardo Prado, Paulo Prado, Domício da Gama, e eu. Em Paris, alojamo-nos num vagão de primeira classe, de oito lugares, ocupando os quatro lugares do lado direito. Chovia torrencialmente. O trem expresso ia já partir, quando se abriu a portinhola do vagão, e vieram ocupar os quatro lugares do lado esquerdo quatro sujeitos encapotados e encharcados, nos quais reconhecemos logo quatro figuras das mais notáveis no movimento naturalista da França: Émile Zola, Edmond de Goncourt, Guy de Maupassant, e o editor Charpentier. Partiu o trem...

Nós, os quatro brasileiros, entreolhávamo-nos, e aguçávamos os ouvidos, ansiosos por ouvir a conversa interessantíssima, que certamente se ia travar entre aqueles homens ilustres. Viajar duas horas, ao lado de Goncourt, de Maupassant e de Zola! que inesperada chance, que milagrosa aubaine!

Foi uma decepção tremenda! Maupassant, Zola e Goncourt estavam endefluxadíssimos: tossiam e espirravam de três em três minutos — enquanto o editor Charpentier, encolhido a um canto do vagão, dormia e roncava. De quando em quando, um dos três grandes romancistas olhava através da vidraça a paisagem, alva de neve e vergastada de chuva, e dizia melancolicamente, entre os dentes cerrados: "*Sale temps!...*". Os outros sacudiam a cabeça com desconsolo, e repetiam: "*Sale temps*!...".

E assim foi até Rouen... "*Sale temps!... Sale temps!...*" foram as únicas frases notáveis que saíram da boca daqueles homens notáveis...

Em Rouen, vimos Maupassant descerrar a cortina que Cobria o medalhão, e ouvimos um curto e lindo discurso de Goncourt; almoçamos largamente no melhor restaurante da cidade, rindo muito da conversa "literária" do autor de Charles Demailly, do autor de Une vie e do autor de Germinal; fomos depois visitar, com um religioso respeito, a coleção dos manuscritos de Flaubert na Biblioteca; fomos admirar as várias estátuas de Jeanne d'Arc de que se orgulha Roucn; e passamos o resto do dia a vagar pela cidade, e a perguntar aos populares, que encontrávamos, quem fora aquele Flaubert, cujo busto em baixo-relevo acabava de ser inaugurado.

E ninguém prestava atenção ao que perguntávamos. Só um épicier, já velho, que cochilava, à porta da sua loja, defronte da Catedral, mostrou conhecer o nome e a glória do festejado. Disse-nos que Flaubert era "um escritor muito conhecido". Mas acrescentou logo que "o grande Flaubert não era aquele: era o outro, o pai do escritor, um médico três savant, que várias vezes fora maire da cidade e deixara uma boa e sólida reputação de clínico sisudo e de cidadão prestimoso...

Grande Gustave Flaubert! a sua glória e o seu valor nunca estiveram, nem estão, nem nunca estarão ao alcance da inteligência de toda a gente.

Somente agora a cidade de Rouen lhe levanta um monumento... E é provável que hoje, em 1907, a opinião da cidade ainda seja a mesma que era em 1890: "Um bom escritor, sim, um bom escritor, muito conhecido... Mas não foi este o grande Flaubert: o grande Flaubert foi outro, o pai deste, o maire, o médico, que dirigia as eleições com uma grande prudência, e tinha umas receitas infalíveis para o alívio dos reumatismos e para a cura das bronquites rebeldes...".[10]

---

10 Jornal Correio Paulistano (SP) 24 de outubro de 1907.

Haxixe

Como a conversação, depois de haver borboleteado de assunto em assunto, durante esse jantar de refinados, tivesse caído afinal em Baudelaire e nos seus *Paraísos artificiais,* Jacques, que aos trinta anos de idade já tem experimentado todos os prazeres e provado todos os desgostos, disse acendendo o charuto e enchendo o segundo cálice de *chartreuse* verde:

"Pois afirmo-lhes eu, com conhecimento de causa, que a embriaguez do ópio não tem nenhum dos encantos que lhe atribui Baudelaire..."

"Oh! desgraçado! pois até já tomaste haxixe?", indagou um de nós, com alguma incredulidade.

"Propriamente haxixe não tomei: tomei cousa melhor." E relatou-nos isto:

"Foi há pouco tempo. Estava eu morrendo de tédio numa cidade do Norte. Toda a solidão daquelas ruas muito direitas, muito largas e muito vazias me havia entrado na alma. Como eu me aborrecia, meus amigos! E imaginem que, por esse tempo, sofria eu de uma singular excitação nervosa, que me fazia ficar semanas inteiras sem dormir, com o corpo quebrado, todo o organismo vibrando dolorosamente ao menor choque, à menor contrariedade, à menor emoção. Cheguei a ter horror à minha casa, àquela casa imensa e deserta entre cujas paredes se arrastavam longas, terrivelmente longas, as minhas noites de insônia. Preferi passá-las a vagar de rua em rua, sem destino: e inda hoje me lembro com pavor desses passeios noturnos por uma cidade morta, ora à claridade de luar que escorria pelas casas como um banho de prata viva, ora ao clarão trêmulo dos candeeiros de azeite, dependurados a ganchos de ferro, rangendo lugubremente ao mais fraco sopro de vento... Um dia, um médico meu amigo aconselhou-me o uso do ópio.

"Protestei que seria inútil: a morfina, o láudano, tinham sido impotentes, deixavam-me o corpo despedaçado, a língua amarga, a cabeça apuada de dores, e a alma acordada, no mesmo sofrimento e na mesma agonia. Ele, então, receitou-me um novo preparado...

Não conhecem vocês, com certeza: é o tanato de canabina. A canabina é o alcalóide que se extrai do haxixe, da *cannabis indica.* Recebi esperançado, das mãos do farmacêutico, a pequena caixinha redonda, sentindo, com delícia, mexerem-se dentro dela, no pó avermelhado, as doze pílulas consoladoras, pequeninas, escuras, moles, de uma cor de bronze azinhavrado. O farmacêutico, solícito, recomendou-me com ares misteriosos que não tomasse, em caso algum, mais de duas pílulas. Mas já eu não ouvia...

"Esperei a noite com uma ansiedade grande. As dez horas tomei duas pílulas, deitei-me, e, abrindo um livro qualquer, chamei o sono. Não sei que livro era: sei que a página me interessou, e que, embebido na leitura, me despreocupei do efeito da *canabina.* Ao cabo de algum tempo, olhei para o relógio. Correra uma hora. Nenhum efeito. O cérebro claro, fresco: nenhum desejo de sono.

Sorri, com desdém, do poder do narcótico, e engoli corajosamente mais três pílulas e dali a um quarto de hora uma outra. Não posso dizer se ainda gozava de pleno uso da razão, quando tomei essa quarta pílula. Quero crer que não: não sei mesmo como consegui voltar à cama. Doía-me a cabeça alucinadoramente. Estalava-me no ouvido um barulho de mar quebrando-se de encontro a rochedos. E não sei se acharei palavras para lhes referir o que principiou então a passar-se em mim..."

Jacques esvaziou o seu cálice de *ebartreuse.* Nós todos ouvíamos calados e ansiosos. Ele, com a voz um pouco trêmula, continuou:

"Foi uma cousa horrível, sobre-humana, inenarrável, prolongada por toda a noite. Eu não dormia, mas não estava acordado. Dentro *do* meu corpo havia uma alma que sentia, que pensava; mas, como hei de eu explicar isto? não era a minha verdadeira alma, porque essa eu a sentia fora de mim, divorciada do meu corpo, pairando sobre ele, querendo reentrar nele, e não podendo! não podendo! não podendo! Sabem vocês o que se passa, alguns momentos depois da morte, segundo os espíritas? Dizem os espíritas que a alma, abandonando o corpo, não se afasta dele, e, enquanto não se faz o enterro, fica errando em derredor do despojo carnal desprezado. Era talvez isso o que eu sentia... Mas, não! não era isso, porque além da minh'alma que pairava fora, havia uma outra que permanecia no corpo, sofrendo e chorando...

"Vejamos... Eu tinha consciência de que estava deitado, de costas sobre a cama: apalpava-me, sentia o calor da minha carne, a pulsação de minhas artérias, sabia que não estava sonhando... Doía-me a cabeça cada vez mais: era como se, estando ela apertada entre duas barras de aço, a fossem pouco a pouco esmigalhando, amassando, triturando. Eu sentia tudo isso: logo a minh'alma estava ali. Mas que outra alma era aquela, também minha, que estava fora da carne e dividida entre dois sentimentos opostos: a mágoa de não poder entrar no corpo que era seu, e a delícia de não poder estar sofrendo o que esse corpo sofria?...

"Quanto tempo durou isso, não lhes posso dizer: deve ter durado séculos. Quantos? um, cem, mil, uma eternidade...

"Depois, senti que acabara o desdobramento da minha personalidade. Estava outra vez com uma só alma. O corpo continuava a sofrer, a sofrer indizivelmente. E a alma, outra vez una, outra vez indivisível, adquiriu uma acuidade, uma perfeição, uma clareza de memória sobrenaturais. Recapitulei toda a minha vida, de dia em dia, de hora em hora. Lembrei-me até de quedas que dei, quando tinha um ano de idade. Assisti mesmo à cena do meu nascimento... E como me doía o remorso dos menores crimes cometidos, das mais insignificantes injustiças praticadas! Tudo isso se passava em absoluto, cm perfeito estado de vigília. Eu via arder, debaixo do globo azul, a chama da minha lâmpada de petróleo; via agitarem-se à janela as cortinas brancas; ouvia o tique-taque do relógio sobre a mesa... E vi mesmo o dia romper lá fora, como uma meia-luz tênue a princípio, depois como uma claridade violenta que me pôs no quarto, atravessada de parede a parede, uma larga faixa cor de ouro, em que dançavam milhões e milhões de átomos de poeira afogueada... Foi então que dormi, sono bruto, sono de pedra, sono de morte, por dez horas a fio..."

"O mais curioso", concluiu Jacques, depois de uma pequena pausa, "é que o abalo produzido por essa noite no meu organismo foi tão forte, tão brutal, que me restituiu a saúde: equilibrou os nervos e livrou-

-me da insônia. De modo que a canabina me curou, não pelo bem, mas pelo mal que me fez..."

Houve um momento de silêncio. Um de nós disse: "Mas isso nada prova... Você sofreu assim, porque o excitante encontrou mal preparado o terreno em que devia operar. E, mesmo, está hoje provado que o haxixe nada mais faz do que exacerbar o estado normal do indivíduo: dá mais alegria a quem é naturalmente alegre, e mais tristeza a quem é naturalmente triste..."

"Pode ser!", retorquiu Jacques. "Mas aconselho-lhes que não experimentem. Demais, sabem quem tem razão? É Balzac, que, apesar de fazer parte de um clube de bebedores de haxixe, nunca bebeu a droga, porque (dizia ele) o homem que voluntariamente se despoja do mais belo atribulo humano — a vontade — deve ser, na escala animal. colocado abaixo do caramujo e da lesma... E vamo-nos embora, que é meia-noite!"[11]

---

11 Jornal Gazeta de Notícias (RJ) 2 de abril de 1894.

A História é uma eterna repetição

"Uma raça futura, não tendo talvez com a nossa uma só semelhança, há de suceder-nos no domínio do planeta. Esses novos senhores da Terra hão de desprezar-nos ou ignorar-nos. E nós não podemos agora imaginar qual será o espírito desses dominadores futuros, assim como o paleopiteco dos montes Siwalik não pôde prever o pensamento de Aristóteles, de Newton, ou de Poincaré".

São essas as palavras que fecham o novo livro de Anatole France, "La Pierre Blanche", — um volume de arte apurada e de melancólica filosofia, em que, sob o pretexto de narrar cousas e fatos da vida da velha Roma, o grande escritor francês analisa e critica, com malicioso ceticismo, todas as complicações da vida universal contemporânea.

Já é nessa esperança do advento de uma nova humanidade, que se refugia agora o ardente socialismo de Anatole France. Também ele, como todos os que se têm deixado embalar pela utopia do progresso moral, já desespera de poder ver ou prever o início de uma regeneração social, — que torne os homens iguais, senão em inteligência, ao menos em bondade e em amor da justiça.

A História é uma eterna repetição. As paixões essenciais, que governam o mundo, são ainda hoje as mesmas que o governavam há cem séculos, quando começou a florescer no vale do Nilo a mais velha das sociedades conhecidas: — o amor da mulher e o amor do dinheiro, a brutalidade e a ambição, a inveja e o medo. Se os homens tivessem de melhorar moralmente, já teriam dado alguma prova disso, nesse dilatado período de dez mil anos... O progresso, até hoje, tem sido apenas material; creio bem que, em qualquer sociedade moderna, o número dos malfeitores, dos egoístas, dos invejosos, dos cruéis, é tão grande como no tempo em que o alto guerreiro Medès fundou em Memphis a primeira dinastia egípcia.

Nesses dez mil anos, a humanidade só tem sabido amar com fervor a carnagem. Grandes guerras entre povos, — lutas de fome ou de vingança; e pequenas guerras entre homens, — lutas de inveja ou de interesse. O derrame de sangue tem sido a base de todas as conquistas. Sem sangue, a humanidade ainda não deu um só passo...

Anatole France, que ainda nos seus últimos livros acreditava no advento próximo de uma nova organização social, fundada no amor e na justiça, acaba de confessar o crack da sua crença e das suas esperanças.

Por quê? — porque deixando a torre de marfim do seu Sonho, saiu a misturar-se à multidão dos que pelejam nas ruas a batalha política. Então, caiu dos seus olhos o véu que os cobria: e ele claramente viu que somente os poetas, — arredados da vida prática, vivendo em companhia de ficções, alimentando a sua imaginação com o próprio fogo que a devora, ignorando os móveis baixos que governam os homens, — podem acreditar na utopia da regeneração social... Foi a sua campanha em favor de Dreyfus e foi a sua batalha em prol do ministério Combes que lhe mataram a ilusão: Anatole France é hoje mais um dos muitos Dons Quixotes desiludidos que enchem o mundo.

O Homem explorou toda a Terra, e devassou os mares. Para quê? para dilatar o campo em que exerce o seu instinto guerreiro.

Foi só para isso que ele quis conhecer e dominar todo o planeta.

Que lhe falta agora? senhorear-se dos dois pequenos pontos da Terra que os gelos eternos amortalham, e avassalar o espaço infinito.

Hão de ver que, no dia em que se puder chegar com facilidade ao centro das duas zonas glaciais, — haverá logo ali um conflito entre exploradores de raças diversas, e o sangue humano selará essa nova conquista do gênio do Homem...

Quanto à conquista dos ares, já o nosso Santos Dumont se encarregou de claramente nos dizer qual será o melhor serviço que ela virá prestar à humanidade.

Esse nosso ilustre compatriota, dando a amostra de um ardor guerreiro que ninguém nele adivinhava, acaba de publicar, no primeiro número do magazine francês "Je sais tout", um belicoso artigo em que nos mostra um aeróstato futuro (felizmente apenas ainda futuro) — monstro formidável, carregado de dinamite, despejando do alto do céu a morte sobre exércitos e esquadras.

Do alto do céu! que blasfêmia!... Do alto do céu, onde se vão abrigar os sonhos de todos os sofredores e de todos os oprimidos, na esperança de uma vida melhor! do alto do céu, que nos oferece, para nos consolar das misérias da terra, o esplendor das suas madrugadas de ouro, dos seus ocasos de fogo, das suas sementeiras de estrelas! do alto do céu, que só nos dá os raios e as inundações para fecundar a terra e amadurecer as suas colheitas! do alto do céu, que só nos tem parecido até hoje uma residência invejável porque nos dá a ilusão de abrigar no seu âmbito infinito, existências mais belas, mais nobres, mais amigas da paz e da justiça do que a nossa!... que blasfêmia e que maldade!

Decididamente, mais vale, como consolo platônico, apelar para uma humanidade nova, que aparecerá daqui a um milhão de séculos sobre a Terra... Um milhão de séculos! és capaz de contar isso pelos dedos, tu que me lês? — nem pelos dedos, nem pela imaginação, desgraçado! como vês, o consolo não pode ser mais platônico: mas é o único que posso oferecer...

Porque, enfim, esta humanidade, que aqui está, batalhando ou especulando, ganhando riquezas ou morrendo de fome, cometendo crimes por causa do coração ou por causa do estômago, fazendo cousas sérias ou cousas fúteis, descobrindo a direção dos balões ou escrevendo crônicas insípidas como esta, — é uma humanidade que já mostrou para quanto serve.

E se não queremos reconhecer esta verdade e sofrer com ela, — façamos isto, leitor amigo: fechemo-nos na torre de marfim do Sonho, vivamos sonhando, morramos sonhando e deixemos que o Tempo vá devorando pouco a pouco os trinta e seis bilhões e quinhentos milhões de dias (sem contar os dias dos anos bissextos) que ainda separam a humanidade de um progresso moral... problemático![12]

---

12 Revista Kosmos (RJ). Edição de março de 1905.

Das festas nacionais

Maio não é somente para o Brasil um mês de lindo céu, de lindas flores, de temperatura suave e de belas festas religiosas e mundanas: é também um mês de comemorações cívicas, — o mês sagrado em que, se não fôssemos um povo sem entusiasmo, celebraríamos com exaltado júbilo as duas maiores datas da nossa história. 3 de maio é o natalício da Nação; 13 de maio é a sua emancipação moral, o seu batismo de civilização.

7 de setembro e 15 de novembro assinalam apenas duas evoluções políticas, a transformação da colônia em metrópole e a mudança do governo hereditário em governo eletivo.

Mas as duas datas de maio têm uma significação especial e santa: a primeira recorda o desabrochar da Terra, cuja grandeza adormecida nem era suspeitada pelos que a vinham descobrir; a segunda lembra o desabrochar da Alma Brasileira, lavada num banho lustral de Justiça, formada pela fusão fraternizadora de todas as raças. Em 7 de setembro, o Brasil ganhou apenas a confirmação da sua existência política; mas a nossa existência moral só começou em 13 de maio, quando destruímos o erro secular que nos infamava, e fazia da nossa ridícula civilização de país escravizador um disparate cronológico, um anacronismo social; até 13 de maio de 1888, nós estávamos moralmente revivendo uma civilização da Idade Média.

Infelizmente, não temos, entre os nossos hábitos, o de festejar com alegria as grandes datas da nossa história. Não há uma comemoração nacional, — uma só! — que consiga despertar no ânimo deste povo um movimento de júbilo patriótico.

Dir-se-ia que não temos consciência do valor da nossa nacionalidade, nem do progresso que conquistamos em quatro séculos de vida. Parece que nos envergonhamos do que somos, e que não temos orgulho do passado nem esperança no futuro.

Essa vergonha, essa desesperança, essa falta de consciência, se realmente as sentíssemos, seriam absurdas.

Houve, é certo, no Brasil, um longo período de estagnação. Mas os últimos anos têm sido de um trabalho fecundo, de um progresso real, de uma decidida e vitoriosa marcha para o Bem e para a perfeita civilização.

Em 1820, há menos de um século, o Brasil era um vasto deserto físico e moral.

Quem quiser fazer ideia do que eram, nesse tempo, os nossos costumes, leia estas linhas, que são, ao mesmo tempo, cômicas e dolorosas:

"O Brasileiro levanta-se da cama as nascer do sol; não gasta tempo em vestir-se, porque não se havia despido; em ceroulas, demora-se fumando à porta, que só abandona para ir repousar na rede; se alguém lhe pergunta onde mora um seu vizinho, é cousa que ele ignora: falar, fatiga-o tanto como pensar. O luxo é sólido e grosseiro. Uma senhora vai à missa acompanhada por numerosos escravos adornados com riqueza, e, muitas vezes, voltando à casa, assenta-se numa esteira, onde come, com a mão, peixe salgado e mandioca..."

Isso era escrito, em 1818, por um certo Mr. de Tollenare, que andou passeando por todo o Brasil. Ferdinand Denis apreciava muito as narrativas desse viajante, admirando sobretudo "a verdade com que eram escritas". Ainda descontado o que essa descrição possa ter de exagerado, grande motivo há nela para grande consolo: de 1818 até hoje correu menos de um século; e nesse curto espaço de tempo, foi tão sério o nosso progresso, que aquele quadro já nos faz rir...

E querem ler o que Ferdinand Denis escrevia em 1840 acerca da sorte dos escravos no Brasil? Aqui está:

"Nas roças, é o feitor quem ordena os castigos. Nesta circunstância, é o desditoso escravo atado a um mourão; ou, sendo no meio do campo, amarram-no de modo mais singular e mais cruel ao mesmo tempo: um pau curto, passado por entre as pernas, e ao qual se atam ligaduras, entrega o paciente ao seu algoz. No Rio de Janeiro, há certos regulamentos, relativos à espécie de castigos que podem ser impostos aos cativos. Se o delito parece exceder o grau de culpabilidade tolerado nas relações habituais do senhor com o escravo, é este incontinente enviado ao calabouço, onde os açoutes lhe são administrados pela mão do verdugo, em presença de um inspetor. As culpas leves são sem demora punidas para que este gênero de correção seja um verdadeiro suplício. Nada é mais doloroso, para um estrangeiro, do que ver sem cessar repetir este castigo doméstico, que até as próprias mulheres não se abstêm de aplicar aos seus escravos dos dois sexos..."

Não é verdade que a leitura dessas linhas causa horror e espanto? Esse horror e esse espanto mostram quanto progredimos social e moralmente em tão pouco tempo. São cenas, por assim dizer, de nossa vida de ontem: e parece-nos que já estamos a dois ou três séculos dessa vida!

Seria, portanto, absurdo, que a nossa frieza nas comemorações cívicas proviesse de uma falta de consciência do nosso valor e do nosso progresso. Somos hoje um povo forte e livre. Já temos arte e comércio, indústria e civilização: os nossos sertões hão de ser, dentro de cinquenta anos, uma imensa colmeia humana, ressonante dos hinos de paz e do trabalho: e a nossa capital, daqui a um lustro, será a mais bela da América do Sul.

O que nos falta é entusiasmo. As colônias estrangeiras que aqui vivem conosco, — a italiana, a portuguesa, a francesa, a alemã, a inglesa, — gastam rios de dinheiro em festejar as suas grandes datas. Isso contrasta singularmente com a nossa frieza e com a nossa indiferença...

O Brasil está cheio de gente preta ou mestiça, que a grande lei de 13 de maio veio redimir e integrar na comunhão brasileira. Mas quantos libertos foram visitar nesse dia os túmulos dos seus libertadores? quantos deles foram beijar a sepultura de José do Patrocínio, o Cristo da raça negra, crucificado pela ingratidão e pela calúnia? quantos deles saíram à rua, em bandos jubilosos, para festejar o grande dia do Amor e da Igualdade?

Ai de nós! a festa de 13 de maio passou, como a de 3 de maio, sem uma só vibração de alegria popular... Bandeiras nas repartições públicas, retumbar de salvas chochas, e ridículas reticências de gás nas gambiarras dos ministérios: mais nada!

Que é que assim nos faz tão tristes, tão desanimados, tão parados? Será o clima? será a falta de educação cívica?

Seja o que for, é uma desgraça![13]

---

13 Revista Kosmos (RJ). Edição de maio de 1905.

Festas Juninas

Grato mês! mês de folguedo e poesia, para quem é adolescente, mês de saudades mais consoladoras do que tristes, para quem já envelheceu ou começa a envelhecer. Que importa a velhice? lembrar ainda é viver... Os adolescentes não sabem como é doce recordar o bem que passou, a ventura que fugiu: o que eles amam é o mistério do futuro, as venturas que hão de vir, o bem que ainda hão de gozar. Mas o futuro é incerto, e o passado é certo: quem já amou e foi amado é mais feliz do que quem há de amar e ser amado.

Eu, por mim, quando vejo chegar este mês de junho, começo a viver uma vida intensa e deliciosa de recordações. É como se houvesse uma exumação do meu passado, — uma ressurreição dos meus sonhos mortos, que começam a desfilar diante de mim, em ronda lenta, conservando ainda a frescura primitiva: e eu a mirá-los, a contá-los, a rever-me neles, a regozá-los... Chamo-os, e eles vêm chegando, de um em um, — sonhos de amor, sonhos de glória, sonhos de felicidade, — alguns realizados, outros mortos ao nascer, mas todos encantadores e consoladores.

Ah! quem pudera cantar a vossa beleza, antigas e amigas noites de junho da minha adolescência!

Nesse tempo, a cidade era mais feia, menos povoada, menos civilizada do que hoje: e, justamente por isso, a vida era mais ingênua, as festas eram mais simples, — quase festas da roça...

Assim que a tarde morria no longo crepúsculo do inverno, assim que as estrelas começavam a palpitar sob o véu translúcido das névoas, — os balões de Santo Antônio, São João e São Pedro principiavam a subir, vermelhos, doirados, verdes, indo e vindo ao sabor do vento, e perdendo-se no céu como outras tantas estrelas.

No meio das chácaras, avermelhando com o seu clarão as grandes árvores, ardiam as fogueiras; em torno delas, muito namoro começou, para acabar em casamento: milagre dos Santos de junho, ou milagre da suave poesia dessas noites de indefinível encanto?...

Ao romper da manhã, quando a festa acabava, e ao último estouro dos foguetes se unia o primeiro cantar dos galos, — rapazes e raparigas iam ver a sorte, que o céu lhes destinava, nas gemas e claras de ovo que tinham ficado, toda a noite, em copos, expostas ao sereno.

Quanta cousa a boa vontade e a imaginação descobriam dentro dos copos! Neste, o ovo desmanchado formara um navio amarelo, apendoado de velas brancas; naquele, uma igreja aprumando as suas torres doiradas; naquele outro, uma cama... Eram claros os vaticínios: o primeiro copo indicava uma viagem próxima, o segundo um casamento, o terceiro uma doença grave.

Às vezes, a gema e a clara do ovo mentiam, com uma desfaçatez revoltante.

Sucedeu-me uma vez encontrar no meu copo uma combinação incompreensível: a gema achatara-se, formando um bloco quadrado, encimado pela clara, que se separara em um retângulo central e quatro cilindros laterais. Que será aquilo?

Foram chamadas todas as pessoas da casa. Houve uma discussão prolongada. Até que uma velha senhora, muito entendida em adivinhações e esconjuros, explicou o mistério.

— Não há nada mais simples! isto é um altar!

— Um altar?!

— Um altar! esta cousa amarela é a pedra da ara; esta cousa branca é a missa; estes canudinhos são os círios; e tudo isto quer dizer que este menino há de ser padre! Há de dizer missa e talvez ainda venha a ser bispo!

Padre! bispo! — acabei jornalista... Enfim, como se costuma dizer que "a imprensa é um sacerdócio",

— talvez eu não tenha o direito de duvidar do acerto daquela singular profecia!

E as revelações dos "livros de sorte"!

Não havia mocinha que não pedisse a Santo Antônio ou a São João a inicial do nome do homem com quem havia de casar; São João e Santo Antônio, com uma paciência realmente digna da bem-aventurança do céu, respondiam logo, indicando um A, um O, um J, um L. Pouco importava que, daí a meses ou a anos, a rapariga a quem coubera um L, casasse com um Antônio, e que a casadoira aquinhoada com um O fosse pedida por um Jorge; — desde que o casamento se fazia, o milagre estava feito: e a troca das letras era atribuída a um engano dos santos, — engano bem desculpável em quem tinha de despachar tantos requerimentos numa só noite...

Certa vez, numa noite de São João, — tinha eu 16 anos, idade que já me parece mais afastada do que a do homem das cavernas!... — lembro-me que uma mocinha, a mais linda da casa, teve a indicação de um T.

Era um formoso tipo de menina carioca, franzina e graciosa, de um moreno pálido, de olhos grandes e profundos cheios de langor e carinho. Todos os rapazotes da roda a requestavam. Aquele T deu lugar a gracejos, a despeitos a invejas. Que nome indicaria a inicial? Thomaz? Tito? Theodoro?

Ela, sorrindo, protestava que não conhecia nenhum Theodoro, nenhum Tito, nenhum Thomaz. Pobre! seis meses depois, uma tuberculose traiçoeira a levava a vida... E não faltou quem visse nisso a confirmação da profecia do "livro de sortes": a coitadinha havia realmente casado com um T, pois que casara com o túmulo...

Não foi essa a única das meninas do meu tempo que vi morrer. Mas tantas outras viveram e vivem ainda, e casaram, e foram felizes ou infelizes!

A uma delas a sorte do "copo" vaticinou que casaria com um alfaiate: foi a interpretação que deram à forma da gema, que se abrira em duas aspas articuladas, como as duas folhas de uma tesoura. A rapariga não casou com um alfaiate: mas casou com o sujeito mais maldizente, mais "má-lingua" e mais "cortador" que jamais houve no mundo!

Quantas recordações alegres e tristes!

Hoje, no Rio de Janeiro, já as noites de junho não têm essas festas. A cidade cresceu, civilizou-se. Os bairros outrora quase desertos e cheios de chácaras imensas, onde se queimavam as fogueiras de S. João, estão hoje cortadas de ruas entrecruzadas, cheias de casas pequenas, empilhadas umas sobre as outras. No perímetro da cidade, é impossível soltar um balão sem o risco de incendiar um prédio ou um quarteirão...

As festas de Santo Antônio, de São João e de São Pedro foram exiladas para a roça, para a paz bucólica e patriarcal dos campos.

Não me queixo disso: cidade é cidade, — e não se compreende que uma capital moderna tenha os mesmos costumes de uma aldeia. E, depois, que me importa que já não haja balões e fogueiras, quando já não posso soltá-los e saltá-las?

E que tenho eu com as noites de junho agora? Bastam-me as antigas, basta-me a sua recordação, para que eu seja feliz, neste doce mês, em que se celebra a festa dos três santos mais pacientes, mais pachorrentos e mais condescendentes do calendário...[14]

---

14 Revista Kosmos (RJ). Edição de junho de 1905.

Dezembro

Dezembro. Começaram os ásperos calores, as nuvens de pó sufocante, a tortura longa dos quatro meses infernais. Que pena tenho eu de não ser cigarra ou lagarto! essas duas espécies de criaturas nasceram para viver ao sol, como as fabulosas salamandras nasceram para viver no fogo: quanto mais arde o sol de verão, mais cantam as cigarras nas árvores, e mais se regalam os lagartos nas pedras escaldadas; felizes criaturas! não suam, e não sabem o que são brotoejas. Mas não sou lagarto, nem cigarra, — e tenho de suar, arfar, e penar como homem.

Que fazer, para poder dormir, depois do trabalho diurno, nestas horríveis noites do nosso verão, — de ar abafado, de árvores paradas, de hálito ardente saindo da terra, de peso opressivo caindo do céu, onde palpitam e tremem com um brilho seco as estrelas, como carvões acesos no fundo de um forno?

A primeira ideia que ocorre a gente é fugir para Petrópolis. Mas Petrópolis...

A vida em Petrópolis é deliciosa para quem pode lá ficar dias seguidos, sem a dura obrigação de vir cotidianamente ao Rio. Para os vadios que lá podem ficar, Petrópolis é um Paraíso; mas é o Inferno para os diários, que passam o verão a subir e a descer a serra, com a constância do azougue na coluna termométrica. Desventurados diários! O seu padroeiro, o seu orago é o velho Ashaverus, o amaldiçoado judeu legendário, condenado a vagar perpetuamente pela Terra como os cometas vagam pelo céu. Durante o verão, o diário é um boneco autômato com corda para quatro meses. Levanta-se às 5 da manhã, barbeia-se e lavase em três minutos, abala para a estação, desce a montanha, atravessa a baía, voa esbaforido pela Avenida, almoça a galope, trata a galope dos seus negócios, consulta de minuto em minuto o relógio, sua como um alambique, atropela e atrapalha o trabalho, deixa tudo por acabar, dispara outra vez para a Prainha, toma a barca deitando os bofes pela boca, chega ao hotel em Petrópolis quando já a campainha está anunciando o jantar, mete-se na casaca de Nessus, engasga-se com a comida, vai fingir que se diverte nos clubs, ouve concertos, joga, dança, cai na cama esbarrondado às duas horas da manhã, dorme com um olho fechado e o outro aberto, — e, ao romper do dia, recomeça a mesma hedionda lida e o mesmo tremendo suplício. E esses mártires, que anualmente engordam as rendas e avolumam os dividendos da Companhia Leopoldina, gozam atualmente as mesmas comodidades (frescas comodidades!) que gozavam há vinte anos; as barcas ronceiras nadam como tartarugas, os vagões dos trens são apertados como latas de sardinhas e quentes como fornos de cremação; e essas viagens, que, em qualquer país civilizado, se fariam em uma hora, fazem-se aqui em duas horas e meia, — quando não há atraso. Vereis que, daqui a pouco, vão reaparecer as queixas nos jornais. É todos os anos a mesma cousa: os diários lastimam-se, a Companhia faz ouvidos moucos, não reforma aquela hedionda e imunda estação de S. Francisco Xavier, não conserta o material e o leito da estrada de ferro, não dá maior velocidade às barcas, — e os diários continuam a pagar e a sofrer...

Não! decididamente não vale a pena fugir para Petrópolis!

Resta-nos o recurso de abalar para as Paineiras ou para a Tijuca...

Mas, Jesus! isso também tem inconvenientes graves!

Em primeiro lugar, os hotéis que existem nesses lugares não são positivamente a última, nem a penúltima, nem a antepenúltima palavra do conforto. Se cá embaixo, na cidade, nós não temos hotéis confortáveis, — nem é bom falar do conforto dos hotéis de lá de cima... No Rio de Janeiro, um bom hotel ainda é um mito...

Além disso, a vida lá em cima, à noite, depois do jantar, nesses albergues mal iluminados e tristes, é de um aborrecimento desesperador: não há o menor divertimento, não há a menor distração, e o veranista, se não quiser ir fazer a digestão na cama, deitando-se às oito horas, terá de ficar sozinho, contemplando as estrelas, mirando com saudade as luzes longínquas da cidade, fumando infindáveis charutos, e sentindo inveja dos que ficaram cá embaixo, no assador, suando, mas divertindo-se...

Não! decididamente, também não vale a pena ir passar o verão nas Paineiras ou na Tijuca!

O melhor é ficar aqui mesmo, é suar e arfar, com paciência. Quatro meses passam depressa. Tudo passa depressa na vida...

Demais, parece que vamos ter um verão como o anterior, amplamente regado de chuvas benéficas.

É até provável que tenhamos de amaldiçoar a chuva, e de implorar aos céus clementes a graça da restituição do calor. Estas lindas festas do Natal e do Ano Bom querem dias claros e noites límpidas. Quem irá à "missa do galo" sob as bátegas da chuva? e como hão de os Reis Magos cantar os seus hinos festivos com os pés na lama?

Enfim, com calor ou com chuva, consente que eu te saúde, leitor amigo, meu irmão. Vamos entrar no quarto ano da nossa amável e deleitosa convivência. Desejei-te boas festas no começo de 1904, quando apareceu o primeiro número de Kosmos; renovei esses augúrios sinceros em Janeiro de 1905 e de 1906; e renovo-os hoje, abraçando-te, leitor querido, entidade simbólica, em que resumo e compreendo todos os milhares de amigos que Kosmos tem encontrado e conquistado durante os três anos da sua existência.

Não sei, nem quero saber se estas crônicas já te aborrecem: neste mundo de repetições, tudo acaba por aborrecer... Mas, estás aborrecido, disfarça o teu aborrecimento, e abraça-me, de cara alegre, como eu te abraço, trocando contigo o beijo da paz, neste mês de dezembro, tradicionalmente consagrado à fraternidade humana![15]

---

15 Revista Kosmos (RJ). Edição de dezembro de 1906.

O problema da casa, da habitação, do teto!

Desde que há homens na face da Terra, as três grandes causas de todos os sofrimentos, de todos os conflitos, de todas as guerras, de todos os crimes, têm sido: a casa, a comida e o amor.

Dessas três cousas, há uma que não tem a força das outras: a comida; estômago faminto sempre se arranja bem ou mal, com fartura ou penúria, com indigestão ou jejum.

Mas a casa!... Mas o amor! ... Essas são as duas molas reais da existência humana, as duas necessidades terríveis da nossa vida. É raro, raríssimo, que a fome seja a origem de crimes, ao passo que por causa da propriedade de terras ou de casas, e por causa do amor, os tribunais nunca têm mãos a medir, quer estejam ocupados em decidir as pendências e os litígios entre proprietários ou entre amantes, quer estejam ocupados em processar os réus de assassinatos causados pelo delírio da posse material ou da posse amorosa. O teto e o beijo! — eis aí os dois inimigos da tranquilidade humana!

Já os trogloditas, os homens-chimpanzés, e os primeiros lapões, e os primeiros esquimós, e os primeiros celtas, eram governados exclusivamente por essas duas necessidades. Para o homem primitivo, comer era um problema de solução fácil: a caça era abundante, era farta a pesca, — e havia na face da terra inculta e no seio das águas bravias, carne demais para aplacar a exigência do mais válido estômago. Mas o teto e a mulher! O que o homem primitivo, como o homem de hoje, defendia e prezava acima de tudo era o seu lar: a casa e a companheira. A casa era uma rude grota natural, ou uma caverna artificial cava na rocha, ou uma construção megalítica de penedos sobrepostos, ou uma cabana lacustre levantada à flor da água sobre espeques de madeira tosca, ou um ninho aéreo equilibrado no cimo da alta árvore frondosa: dentro dessa casa, vivia a Mulher, que devia ser nesse tempo uma grande macaca muito feia e muito cabeluda — mas que já era uma das preocupações máximas, um dos maiores cuidados, uma das paixões supremas do homem.

Ainda assim, a mulher era mais fácil de arranjar do que a casa: para conquistar uma mulher, bastava ao homem bárbaro aprisioná-la no meio do bosque, subjugando e matando em poucos minutos o seu legítimo dono; mas para construir uma casa, que luta e que labor! Os machados cortavam mal, as madeiras eram duras, não havia pregos, nem serrotes, nem plainas, nem parafusos...

De modo que naquele tempo (como ainda hoje) o amor era uma preocupação mais séria do que a comida; e a casa era uma preocupação mais séria do que o amor...

O que aí fica escrito não é a divagação de cronista sem assunto. É, sim, o comentário inicial de um assunto grave, que está atualmente preocupando o Rio de Janeiro, e já fez correr sangue em Buenos Aires.

À imitação do que faz em Buenos Aires, também aqui se fundou uma "Liga dos Inquilinos". Dada a rivalidade que sempre houve e sempre haverá entre as duas grandes cidades, seria absurdo que houvesse em uma delas alguma cousa que não existisse na outra...

À nossa "Liga", como à de Buenos Aires, não pertencem os inquilinos que pagam seiscentos, setecentos, oitocentos mil réis mensais pelos palacetes em que residem. Esses também são proprietários e pertencem à classe feliz, que não conta o dinheiro que despende.

Os membros da "Liga" são os operários, os pequenos empregados, os funcionários de baixa categoria, muitos dos quais ganham apenas cem mil réis por mês, e são obrigados a pagar cinquenta ou sessenta mil réis por um quarto sem luz numa "avenida" infecta.

Não há quem ignore que, com as demolições e reconstruções que o aformoseamento da cidade exigiu, houve no Rio uma verdadeira "crise de habitação". O número de casas habitáveis diminuiu em geral, porque a reconstrução é morosa. Além disso, diminuiu especialmente, e de modo notável, o número de casas modestas, destinadas à moradia da gente pobre, porque, substituindo as ruas estreitas e humildes em que havia prédios pequenos e baratos, rasgaram-se ruas largas e suntuosas, em que se edificaram palacetes elegantes e caros. E que fizeram os proprietários dos casebres e dos cochicholos que as picaretas demolidoras pouparam? viram na agonia da gente pobre uma boa fonte de renda, e aumentaram o preço dos seus prédios. É uma crise completa e terrível: há poucas casas para os humildes, e essas mesmas poucas casas alugam-se por um preço que não é acessível ao que possuem os poucos desfavorecidos de fortuna, os que apenas podem ganhar ordenado exíguo ou minguado salário.

Tudo isso justifica a fundação da Liga dos Inquilinos. Unem-se os inquilinos infelizes contra os proprietários cruéis. Nada mais justo. Todos os fracos recorrem a esse meio de defesa, que é o único eficaz: a união das suas fraquezas, constituindo uma força respeitável. A gritaria de cem ou de mil oprimidos sempre é mais facilmente escutada do que o grito de um só...

Em Buenos Aires, por causa da Liga dos Inquilinos já correu sangue. Os moradores coligados declararam que não pagariam os aluguéis dos seus pardieiros e mansardas, enquanto no preço desses aluguéis não fosse feita a redução de uns tantos por cento. A essa imposição os proprietários responderam com estas duas armas terríveis, que a lei implacável dá aos ricos contra os pobres: o mandato de despejo e a penhora. Os inquilinos resistiram; a força pública, que, sendo por si mesma uma Opressão organizada, sempre intervém em favor dos opressores contra os oprimidos, veio postar-se, com as suas carabinas embaladas, ao lado dos oficiais de justiça, encarregados de fazer cumprir a Lei; ouve assuadas, pedradas, tiros, — e um operário caiu, baleado e morto.

No dia seguinte disseram-nos os telegramas que toda a cidade platina ficou consternada, assistindo ao préstito imenso, que levou ao cemitério o corpo do infeliz. Quatro mil operários acompanharam à cova o cadáver. A multidão, contristada enchia as ruas, descobrindo-se à passagem do féretro. E algumas mulheres, vociferando à frente da trágica procissão, levavam bandeiras vermelhas envoltas em crepe. Parecia uma cena do drama da Comuna, em Paris, em 1871...

No Rio de Janeiro, ainda o protesto não foi levado a tal extremo, e a situação ainda não se revestiu de tamanha gravidade. Disseram há dias os jornais que a nossa "Liga dos Inquilinos" resolvera iniciar sua ação por meio de conferências públicas...

Tudo aqui se resolve atualmente, por meio de conferências e de cinematógrafos. São esses, neste momento, os grandes remédios para todos os males, as panaceias infalíveis para todos os sofrimentos. Haveis de ver que o caso do Estado do Rio, e a teratologia política das oligarquias estaduais, e a crise do café, e o povoamento do solo, e a organização da Exposição Nacional de 1908, e todos os problemas gerais, que nos preocupam e assoberbam, ainda se hão de resolver com o auxílio desses dois paus-para-toda-a-obra: as conferências e os cinematógrafos...

Mas deixemos de parte a ironia! A ironia é descabida, quando há sofrimento real dos que se queixam. A crise existe, e os que tudo podem, os que mandam e governam, os que têm dinheiro e força nada querem fazer em favor dos que não acham onde morar. As que já estão todas ocupadas. As que se esvaziam, por morte ou despejo dos locatários, são logo alugadas por preços altos...

Que há de fazer a gente pobre?

Se ao menos essa gente pudesse morar ao ar livre, sob o teto piedoso do céu, sob o pálio misericordioso das estrelas!... Transformar-se-iam a Avenida Central, a Avenida Beira-Mar, o Campo de S. Cristóvão, o Parque da República, os terrenos acrescidos do Mangue, o largo do Paço, a Copacabana, a Tijuca, em imensos caravançarás descobertos, em vastos acampamentos, onde os que não pudessem pagar um conto de réis mensalmente por uma casa, ficassem dormindo ao sereno...

Mas a polícia é feroz: a Lei manda considerar vagabundo todo o indivíduo que não tem domicílio certo, — e não quer saber se esse indivíduo tem ou não tem a probabilidade de arranjar qualquer domicílio. Conheceis porventura pessoa ou cousa mais estupidamente atroz e mais atrozmente estúpida do que essa abominável entidade que se chama A Lei?

O problema da casa, da habitação, do teto! Esse é decididamente, ainda hoje, como primitivas eras, o mais terrível dos problemas que agoniam o homem; mais sério do que o problema da comida, e mais temeroso que o problema do amor.

Bem mais feliz que o homem é o caramujo, que já nasce com a sua casa às costas, e que a leva consigo por onde quer que vá, sem pagar um vintém pelo aluguel por essa habitação confortável que a Natureza lhe deu![16]

---

16 Revista Kosmos (RJ). Edição de outubro de 1907.

Conteúdo Extra

Bilac

João do Rio

A casa do poeta é de uma elegância delicada e sóbria. Ao entrar no jardim, que é como um país de aromas, cheio de rosas e jasmins, ouvindo ao longe o vago anseio do oceano, eu levava n'alma um certo temor. Eram oito horas da manhã, apenas oito horas. A rua parecia acordar naquele instante, os transeuntes passavam com o ar de quem ainda tem sono, e o próprio sol, muito frio e formoso, parecia bocejar no lento adelgaçar das névoas.

— Só muito cedo encontrar-me-ás em casa, dissera ele, e eu mesmo sabia que o cantor do Caçador de Esmeraldas acorda às cinco da madrugada, escreve até as dez, sai e não recolhe senão depois da meia-noite, porque o entristece ficar num gabinete sem outra alma, à luz dos bicos de gás.

Quando, porém, ia tocar o timbre de um velho bronze, o meu receio desapareceu.

Estavam as portas da sala abertas e eu via Bilac curvado sobre a mesa a escrever.

— Pode-se importunar?

— Ó ave madrugadora! Tu por aqui?

Ergueu-se com a sua aristocrática distinção. Estava todo vestido de linho branco, a camisa alva com punhos e colarinhos duros.

— Aposto que vens ver os meus cartões postais?

Eu olhava a sala onde há tanto tempo mora a Musa perfeita. As paredes desaparecem cheias de telas assinadas por grandes nomes, caquemonos de Japão, colchas de seda cor d'ouro velho. As janelas deixam ver o céu, a rua e as árvores entre cortinas cor de leite e sanefas de veludo cor de mosto. Do teto pende uma antiga tapeçaria francesa, a um canto um paravento de laca parece guardar mistérios no bric-à-brac do mobiliário — cadeiras de várias épocas, poltronas, estantes de rodízios, guéridons, divãs, dois vastos divãs turcos, largos como alcovas... Ao centro a mesa em que escreve o poeta, muito limpa e quase muito pequena, de canela preta, encimada por um ventilador. Os meus olhos repousam nos bibelôs, nas jarras de porcelana cheias de flores frescas; a alma sente uma alegre impressão de confortável. O poeta faz-me sentar.

— Oito horas já? Há não sei quantas escrevo eu.

— Versos?

— Oh! Não, meu amigo, nem versos, nem crônicas — livros para crianças, apenas isso que é tudo. Se fosse possível, eu me centuplicaria para difundir a instrução, para convencer os governos da necessidade de criar escolas, para demonstrar aos que sabem ler que o mal do Brasil é antes de tudo o mal de ser analfabeto.

Talvez sejam ideias de quem começa a envelhecer, mas eu consagro todo o meu entusiasmo o entusiasmo — que é a vida — a este sonho irrealizável.

— Basta o entusiasmo pelo irrealizável para que um homem seja perfeito, já disse Barrès.

Bilac sorriu.

— Mas então não queres ler decididamente os pensamentos dos quarenta membros da Academia Francesa?

— Eu venho para coisas muito mais graves.

— Tenho que há na vida coisas que se dizem mas não se escrevem, coisas que só se escrevem e outras que nem se escrevem nem se dizem mas apenas se pensam. Seria feliz se me viesses perguntar aquela, que sem me entristecer aos outros, pudesse ser pensada, falada e escrita. É entretanto difícil...

Eu ouvia-o embevecido. A originalidade desse homem reside na sua sensibilidade extrema e sorridente, na sua impecabilidade, nessa doçura como que rítmica que harmoniza os seus períodos e o acompanha na vida. Bilac chegou à perfeição — é sagrado. Não há quem não o admire, não há quem não o louve. As fadas, que são quase uma verdade, fizeram da sua existência uma sinfonia deliciosa, e como o seu talento não tem desfalecimentos e a sua atividade é sempre fecunda, a admiração se perpetua. É o poeta da cidade como Catulo o era de Roma e como Apuleio o era de Cartago. Todos o conhecem e todos o respeitam. Os editores vendem anualmente quatro mil exemplares de seu livro de versos, realizando o que até então era o impossível. Onde vá, o louvor acompanha-o. A cidade ama-o. Nenhum poeta contemporâneo teve o destino luminoso de empolgar exclusivamente a admiração. Ele é o pontífice dos artistas e dos que o não são. Há homens que guardam em cofres tudo quanto tem escrito de esparso na sua múltipla colaboração jornalística e não há um dia em que pelo menos não receba dos confins da província ou dos bairros aristocráticos meia dúzia de cartas chamando-o de admirável. E nunca a sua túnica branca teve uma ruga desgraciosa, nunca nos seus períodos a elegância deixou de brilhar. Quando escreve, os jornais aumentam a tiragem com as suas crônicas, e o seu estilo impecável aureola de simpatia todos os assuntos; quando fala, as suas palavras admiráveis, talhadas como em mármore e diamante, lembram os jardins de Academos e as prosas sábias do cais de Alexandria, no tempo dos Ptolomeus. E todos sentem a fascinação do encanto — as turbas confusas e os homens inteligentes.

É o portador do espírito da Hélade. No portal da sua morada bem se podia gravar o misterioso enigma da Antologia: "Nasci no bosque sagrado e sou feito de ferro. Tornei-me o secreto depositário das musas e quando falo, intérprete e confidente único, ressoa o bronze eternamente."

E, entretanto, há por vezes no seu sorriso uma irônica amargura, na sua voz, que se vela, a secreta tristeza de quem está resignado a não dizer grandes verdades necessárias, e na sua alma, destinada à aclamação, uma delicadeza, uma modéstia infinita. Dois escritores ele os lê diariamente, ou pela manhã antes de começar a trabalhar, ou à noite antes de dormir — Renan e Cervantes. A vida fê-lo vestir os ímpetos e a imensa paixão lírica no burel de uma suave ironia. Quem o lê pensa em Luciano de Samósata, no ridículo do herói manchego, no travo das fantasias desfeitas. Mas, de raro em raro, surgem, como a reivindicação das ideias generosas, as tristes e delicadas imprecações da sua prosa, e em conversa muita vez quando todos riem, um doloroso suspiro de cansaço e tédio passa no seu lábio, de todos despercebido. E é ainda essa alma esquisita que cora e se confunde, quando pela milésima vez numa tarde alguém se lembra de dizer que o acha incomparável.

Talvez, por isso, o poeta sensual dos amores imensos, o vate embevecido nas vozes das estrelas, aquele que durante vinte anos dera intenções e ideias à natureza e comentara com um piparote céptico as ações dos homens, curvou-se um dia para a vermina com o fulgor do seu espírito luminoso e resolveu protegê-la. Bilac hoje é um apóstolo-socialista pregando a instrução.

Todos os problemas da vida ele os pode encarar como Capus os trata nas suas peças. A instrução das crianças e o bem dos miseráveis preocupam-no seriamente. Eu o ia interromper na composição de um livro para perguntar a sua opinião sobre o estado da literatura brasileira e o papel do jornalismo para com essa mesma literatura. Ele falou-me com uma certa amargura, ligando as minhas perguntas ao seu ideal.

— Que queres tu, meu amigo? Nós nunca tivemos propriamente uma literatura. Temos imitações, cópias, reflexos. Onde o escritor que não recorde outro escritor estrangeiro, onde a escola que seja nossa? Eu amo entre os poetas brasileiros Gonçalves Dias e Alberto de Oliveira, a quem copiei muito em criança, mas não poderei garantir que eles não sejam produtos de outro meio. Há de resto explicações para o fato. Somos uma raça em formação, na qual lutam pela supremacia diversos elementos étnicos. Não pode haver uma literatura original, sem que a raça esteja formada, e já é prodigiosa a nossa inteligência, que consegue ser esse reflexo superior e se faz representativa do espírito latino na América. Ah! A nossa inteligência! É possível atacar, espezinhar, pulverizar de ridículo tudo o que constitui o Brasil, a sua civilização e o esforço dos seus filhos. Esses ataques são em geral feitos por brasileiros. Duas coisas porém ficam acima dos maus conceitos: a beleza da terra e o espírito que a habita, o encanto da natureza e a clara inteligência assimiladora dos homens. Os comerciantes, os artistas em tournée, os humildes e os notáveis levam daqui a impressão imorredoura de que não há país mais aberto a todas as ideias generosas, mais espiritualmente irônico.

Poderíamos acrescentar: nem mais indolente. Mas não basta haver talentos e belos livros para que haja uma literatura. Esta opinião talvez não seja uma grande novidade, mas é verdadeira. Nós nos regulamos pela França. A França não tem agora lutas de escola, nós também não; a França tem alguns moços extravagantes, nós também; há uma tendência mais forte, a tendência humanitária, nós começamos a fazer livros socialistas. Esta última corrente arrasta, no mundo, todos quantos se apercebem da angústia dos pobres e do sofrimento dos humildes. Um artista sente mais as dores terrenas que cem homens vulgares, os poetas são como o eco sonoro do verso de Hugo, entre o céu e a terra, para transmitir aos deuses os queixumes dos mortais...

A Arte não é, como ainda querem alguns sonhadores ingênuos, uma aspiração e um trabalho à parte, sem ligação com as outras preocupações da existência. Todas as preocupações humanas se enfeixam e misturam de modo inseparável. As torres de ouro e marfim, em que os artistas se fechavam, ruíram desmoronadas. A Arte de hoje é aberta e sujeita a todas as influências do meio e do tempo: para ser a mais bela representação da vida, ela tem de ouvir e guardar todos os gritos, todas as queixas, todas as lamentações do rebanho humano. Somente um louco, — ou um egoísta monstruoso —, poderá viver e trabalhar consigo mesmo, trancado a sete chaves dentro do seu sonho, indiferente a quanto se passa, cá fora, no campo vasto em que as paixões lutam e morrem, em que anseiam as ambições e choram os desesperos, em que se decidem os destinos dos povos e das raças...

Uma revista, que se fundasse, no Brasil, para exclusivamente cuidar de cousas de Arte, seria absurda. A Arte é a cúpula que coroa o edifício da civilização: e só pode ter arte o povo que já é "povo", que já saiu triunfante de todas as provações em que se apura e define o caráter das nacionalidades.

O que urge é compreender isso, e é aproveitar a lição dos fatos. Nós não temos unicamente, diante de nós, o problema do saneamento e do povoamento. Com o saneamento apenas, livrar-nos-emos das epidemias que os mosquitos, os ratos, os micróbios transmitem de corpo a corpo, mas deixaremos, intacta e tremenda, pairando sobre nós, a ameaça das epidemias morais, que depauperam o organismo social, e o conduzem à indisciplina, à inconsciência e à escravidão. Tratando apenas do povoamento, feito ao acaso das levas de imigração, sem fundar uma escola em cada novo núcleo de povoadores, conseguiremos somente aumentar e dilatar o império da ignorância e da irresponsabilidade.

O problema que tem de ser resolvido, juntamente com esses dois, é o da instrução. E o que dói, o que desespera, é que toda a gente culta do Brasil tem a consciência disto, e que, há mais de um século, esta verdade, anunciada, proclamada, escrita, em todas as tribunas, em todos os livros, em todos os jornais, ainda não achou governo que a servisse em terreno prático.

Houve um silêncio. O poeta falava como um filósofo e no seu lábio a verdade vibrava. Timidamente comecei uma frase, que não chegava a ser pergunta:

— Os Estados procuram criar literaturas à parte. Ainda há pouco, logo após a publicação das minhas primeiras entrevistas sobre o momento literário, todos os Estados agitaram-se, S. Paulo, Rio Grande, Pernambuco...

— É dividir o que não se pode dividir. Não há talentos do Norte nem do Sul. Há talentos brasileiros. Não posso compreender, para não citar senão um exemplo, em que os versos de Francisca Júlia possam ser paulistas. Quanto à separação da nossa futura literatura, ela se fará lentamente, como se vão formando a nossa raça e o nosso gosto, conforme as correntes mais ou menos fortes dos povos colonizadores. Talvez em 2500 existam literaturas diversas no vasto território que hoje forma o Brasil.

— E o jornalismo?

Olavo Brás Martins dos Guimarães Bilac, tão poeta que o seu nome é um alexandrino, limpou os vidros do binóculo e disse praticamente:

— O jornalismo é para todo o escritor brasileiro um grande bem. É mesmo o único meio do escritor se fazer ler. O meio de ação nos falharia absolutamente se não fosse o jornal — porque o livro ainda não é coisa que se compre no Brasil como uma necessidade. O jornal é um problema complexo. Nós adquirimos a possibilidade de poder falar a um certo número de pessoas que nos desconheceriam se não fosse a folha diária; os proprietários de jornal veem limitada, pela falta de instrução, a tiragem das suas empresas. Todos os jornais do Rio não vendem, reunidos, cento e cinquenta mil exemplares, tiragem insignificante para qualquer diário de segunda ordem na Europa. São oito os nossos! Isso demonstra que o público não lê — visto o prestígio representativo gozado pelo jornalista. E por que não lê? Porque não sabe! Tenho estatísticas aterrorizadoras, fenomenais. Era natural que decrescesse a lista dos analfabetos à medida que a população aumentasse em número e civilização. Pois dá-se o contrário. Há hoje mais um milhão de analfabetos que em 1890! E digam depois que não é preciso criar escolas e difundir a instrução. Um povo não é povo enquanto não sabe ler. Admiras-te dessa minha transformação? O poeta, que ama as cigarras e os flamboyants, o sonhador, que em tudo vê a poesia, batendo-se por um grave problema social!... Ah! meu amigo! Para mim esta é a última etapa do aperfeiçoamento, e o jornalismo é um bem.

Parou, foi até a janela, olhou o céu, que escurecera prenunciando chuva. Toda a sua figura transpirava simpatia harmoniosa. E, de entre as cortinas cor de leite, uma outra voz grave vibrou, cheia de melancolia: "Oh! sim, é um bem. Mas se um moço escritor viesse, nesse dia triste, pedir um conselho à minha tristeza e ao meu desconsolado outono, eu lhe diria apenas: Ama a tua arte sobre todas as coisas e tem a coragem, que eu não tive, de morrer de fome para não prostituir o teu talento!"[17]

---

17 RIO, João do. O Movimento Literário. Rio de Janeiro, RJ: Livraria Garnier, 1905.

O príncipe dos poetas brasileiros

Grande concurso de Fon-Fon

Damos hoje o resultado final do Príncipe dos Poetas.

Tendo distribuído cerca de 180 cédulas, sentimo-nos desvanecidos com a porcentagem de votos que recebemos – porcentagem de pasmar num país como o Brasil em que o sufrágio político das urnas é quase irrisório – não querendo os cidadãos desmentis a clássica sentença de "país essencialmente agrícola" que somos.

Olavo Bilac, o poeta das Panóplias, Via Láctea, Sarças de Fogo, Caçador de Esmeraldas, Alma Inquieta, As Viagens está eleito.

No próximo número a Fon-Fon prestará a sua homenagem ao Príncipe eleito, proclamando-o como tal em nome da maioria de nossos poetas e escritores.

O resultado final é este:

OLAVO BILAC – *39 votos.*

VOTANTES: Benevenuto Pereira, Marcello Gama, Lindolpho Xavier, Lucidio Freitas, Leopoldo

Teixeira Leite Filho, **Lima Barreto**, M. Bastos Tigre, Mario Bhering, Nogueira da Silva, Pausilippo da Fonseca, Raul Pederneiras, Sylvino do Amaral, Solfieri de Albuquerque, Tapajós Gomes, Thomé Reis, Victorino d'Oliveira, Theophilo de Albuquerque, Laura da Fonseca e Silva, José Oiticica, Jonathas Serrano, João Luso, **João do Rio**, Isaias de Oliveira, Hermes Fontes, Homero Prates, Heitor Lima, Gilberto Amado, Fabio Luz, Ernesto Senna, Eloy Pontes, Carvalho Guimarães, Antonio Figueira, A. Gasparoni, Alberto de Oliveira, Abadie Faria Rosa, **Manuel Bandeira**, Luiz Franco, Baptista Junior e Moreira de Vasconcellos.[18]

18 Revista Fon Fon. Rio de Janeiro, RJ, n. 16, p. 22, Abr. 1913.

Morreu Bilac!

A cidade despertou sob a emoção de uma notícia triste: Olavo Bilac, um dos seus filhos mais diletos, poeta soberano, artista impecável, acabava de falecer às 5h30 da manhã.

Uma pneumocócica impenitente, agravada pelos maléficos da miocardite crônica, de que sofria o autor de elevado número de obras cintilantes, fazia abater o organismo do insigne patrício.

Diante do esquife que encerra os despojos de Olavo Bilac, sob a tristeza que suscita a sua morte, avulta-se o apreço ao príncipe da poesia brasileira, por ele elevada e dignificada em surtos de aprimorado gênio artístico.

Ourives do verso, são joias de subido valor os "Panóplias", a "Via Láctea", a "Alma Inquieta", as "Sacras de Fogo", as "Viagens", o "Caçador de Esmeraldas". Precursor da Escola Parnasiana no Brasil, teve como Leconte de Lisle e Heredia, o brilho, a cor, o ritmo, a suprema beleza, a intuição do maravilhoso.

Tivesse nascido em França e escrito em francês e o seu nome seria universal. Mas, nascido no Brasil, expressando-se em português, idioma que ele cultuava com requintes não comuns, nem assim amesquinhou-se o seu prestígio.

Dentre os quatro maiores poetas que introduziram o parnasianismo em nosso mundo literário, é o mais sugestivo, o mais brilhante, o mais impecável. Dele disse Sylvio Romero, em 1900, que era um temperamento diverso dos demais.

Móbil, ativo, irônico, fez facilmente, apesar de muito moço, a volta inteira em torno dos homens e das coisas, ajudado por seu temperamento irrequieto, escarninho, chegando a atingir a serenidade do humor, que é a indiferença superior à alegria e à mágoa. Daí o traço principal do seu poetar: é ardente e sentido, sem ser triste ou melancólico, e apaixonado, sem ser sentimental e choramingas.

Novo feitio literário apresentava Olavo Bilac ultimamente em maravilhosa série de sonetos, de que fazem parte "Os amores da aranha", "Dante" e outros, publicados no "Careta". O artista do amor e da alma inquieta apresta-se à meditação, tornando-se um filósofo.

Na residência do poeta – sua última frase

Olavo Bilac, nestes últimos dias, teve agravada a moléstia que o abatia. Sentindo horror ao leito, movimentava-se pela casa, à rua Barão de Itamby, onde residia em companhia do seu irmão Sr. Gastão Bilac e de dois sobrinhos.

Deprimido fisicamente, seu espírito mantinha, contudo, a mais completa lucidez. Bilac sempre recebia diversos amigos, demorando-se a palestrar com eles sobre variados assuntos.

Fazia pilheria.

Discutia.

Recebeu a notícia do armistício sob a emoção do maior contentamento.

Falava da sua obra inédita, o precioso dicionário de sinônimos e o livro de sonetos a que deu o título de "Tarde". Olavo Bilac retardava a publicação de Tarde, escrínio de joias do mais aprimorado lavor, porque pretendia edita-lo na Europa, com grande luxo material. Ultimamente, porém resolveu publica-lo em São Paulo.

Nesses colóquios com amigos de particular estima, sempre evitou discretear sobre a política do momento. Do nosso grande mundo social ativo procurava motivo da palestra as questões de arte, o último volume.

Mas a obra do despertador do nosso amor cívico sempre o animava intensamente. Bilac afirmava então que confiava grandemente no Brasil ao serviço da mocidade educada sob novos sentimentos.

A noite de ontem para hoje, passou-se mal. A morte avizinhava-se do poeta. Foram baldados todos os recursos médicos adotados com proficiência pelo

Dr. Henrique Roxo. Pela madrugada, instantes antes de morrer, o artista de muitos versos de ouro, levantou-se do leito. Suas pupilas brilhavam.

— Deem-me café; eu quero escrever! - exclamou com voz firme, mas um tanto fraca.

Às 5h30 da manhã, em companhia da sua família, isto é, de Alexandre Guimarães, seu cunhado, de sua irmã, de Corrêa Guimarães e de seus sobrinhos Ernani e mademoiselle Corina, bem como de vários amigos, cessou o último alento do maior poeta patrício.[19]

---

19 A Rua - Semanario Illustrado. Rio de Janeiro, RJ, Edição 352, 28 de dezembro de 1918.

Este livro foi composto em Libre Baskerville e impresso no Brasil por UmLivro, para a Editora Tacet Books.

Olavo Bilac faleceu aos 53 anos devido a problemas cardíacos agravados pela gripe espanhola.

A gripe espanhola foi a grande pandemia do século XX, causando cerca de 50 milhões de mortes. Um século depois, a pandemia de Covid-19 resultou em aproximadamente 20 milhões de óbitos, sendo 700 mil somente no Brasil.

Desinformação, teorias conspiratórias, censura e falsas curas contribuíram para um grande número de mortes evitáveis em ambas as pandemias.

Este livro é dedicado aos brasileiros que perderam a vida devido à Covid-19.

São Paulo-SP. Junho, 2023.

9 786589 575542

Printed at Repro India Ltd.